DEMASIADOS OSITOS

DEMASIADOS OSITOS

Gus Clarke

TIMUN MAS

Para tía Vicky y tío Roger

1-21-99 Hembers

Diseño de cubierta: Víctor Viano

Título original: *Too Many Teddies*
Traducción: Concha Cardeñoso
© 1995 by Gus Clarke
First published in Great Britain in 1995 by
ANDERSEN PRESS LTD., London
© Grupo Editorial Ceac, S.A., 1995
Para la presente versión y edición en lengua castellana
Timun Mas es marca registrada por Grupo Editorial Ceac, S.A.
ISBN: 84-480-0151-6
Depósito legal: B. 5.280-1996
BIGSA, Industria Gráfica
Impreso en España - *Printed in Spain*
Grupo Editorial Ceac, S.A. Perú, 164 - 08020 Barcelona

19198472

—Mamá —dijo Frank—, tengo demasiados ositos.
—Tonterías —contestó su madre—, nadie tiene
demasiados ositos.

Pero Frank tenía razón.

Todo empezó el día en que nació Frank.
—Todos los bebés necesitan un osito —dijo su tío Jim.
Y aquél fue el primero...

... de su enorme familia de ositos.

Se los regalaban por su cumpleaños y por Navidad...

... siempre que pasaba algo importante...

y, a veces, sin ningún motivo.

A los cuatro años, Frank tenía tantos que ni siquiera cabían en la cama. Había ositos por todas partes.

Y hasta los ositos tenían ositos.

A la hora de acostarse, su padre los ponía a dormir y,
juntos, les deseaban buenas noches..., a todos, uno por uno.
A Frank le parecía que si le regalaban más ositos,
cuando acabaran de decirles buenas noches, sería hora de
levantarse otra vez.

Entonces fue cuando Frank se dio cuenta de que pasaba algo raro. Y, cuanto más lo pensaba, más convencido estaba de que el problema no eran los ositos...

... sino que el problema era su papá... y su mamá...

y todos los tíos y tías, abuelitos y abuelitas, primos,
amigos y vecinos que seguían regalándole ositos sin
parar.

Sabía que a todos les gustaban los ositos, y que les
encantaba escogerlos. Se lo habían dicho a él.
Se pasaban horas para decidir cuál era el más cariñoso,
o el más simpático, o el más peludo, o el más gracioso,
o el que tenía la sonrisa más tierna...

... y a veces incluso, el que tenía la barriga más blandita.

En realidad, escogían el que más les habría gustado para ellos, pero claro, como eran tan mayores, creían que no estaba bien comprarse uno.
Así que se lo compraban a Frank y lo abrazaban un ratito antes de dárselo.

En ese momento, se le ocurrió una gran idea. A lo mejor, si cada uno tuviera su osito para abrazarlo cuando quisiera, dejarían de comprarle tantos a él.

—Abuelita —dijo Frank—, ¿quieres cuidar a mi osito un rato? Tengo muchos más.
Y, claro, la abuelita se puso muy contenta.

Y también tía Vicky... y tío Roger...

... y el primo Percy...

y el vecino de dos puertas más abajo... y todo el mundo.

Naturalmente, Frank se quedó uno o dos, los que más le gustaban, y uno o dos más para que les hicieran compañía.

Y así se solucionó el problema. Todos vivieron felices
para siempre, hasta que un día...

—Los niños necesitan un perro —dijo el tío Jim.

Y aquél...

fue el primero de su enorme familia de perros.

Guía didáctica

La nube de algodón es una colección que plantea al niño diferentes historias reales que lo divertirán, a la vez que le harán reflexionar sobre su relación con los demás y su propia conducta.

Las diversas temáticas tratadas en los libros de esta colección pretenden que el niño sea consciente de que no vive solo, sino en sociedad, y de que sus reacciones y comportamientos varían según la situación en la que se encuentre. Asimismo, a través de las distintas narraciones, el niño tomará contacto con sus sentimientos y vivencias. Sin embargo, es evidente que el niño necesita del diálogo y de la relación con el adulto para comprender y asimilar gran parte de su propio mundo y del que lo rodea. En este sentido, los libros de esta colección pueden ser un instrumento de gran ayuda para que el adulto entable un diálogo con el niño y profundice en sus dificultades y sus logros, en lo que le gusta o le preocupa, y así poder ser partícipe de su desarrollo personal.

Para trabajar todo lo comentado, hemos dividido la Guía en dos apartados. En el primero, JUGUEMOS A..., se pretende que el niño tome contacto con algunas de las ideas más interesantes que se desprenden de la lectura del libro a través de varios juegos. Algunos están pensados para que se puedan realizar en casa, y otros, para llevarse a cabo con un grupo más numeroso; sin embargo, en la mayoría de los casos, se pueden adaptar a todas las situaciones. En el segundo apartado, REFLEXIONEMOS SOBRE..., se plantean una serie de interrogantes para que tanto el adulto como el niño piensen y hablen sobre el contenido que nos quiere transmitir el libro.

Juguemos a...

• Frank está harto de que sus familiares y amigos le regalen ositos, y tiene tantos que no sabe dónde ponerlos. Pero pronto se da cuenta de que el problema no son los osos sino las personas que se los regalan. *Me gusta jugar con...* podría ser el comienzo de un juego en el que cada participante enumerase por orden de preferencia el juguete que más le gusta. Así los padres entrarían en contacto, de manera directa, en el mundo de los juegos infantiles de la mano de sus hijos.

• Sin embargo, los familiares de Frank no son conscientes de que están imponiendo al niño los juguetes que ellos prefieren. *Guardemos...* sería una manera de hacer reflexionar a los padres sobre los juguetes que no les gustan a sus hijos y que hay que retirar de la habitación porque son infantiles o aburridos.

• Muchos libros infantiles tienen como protagonistas o como personajes importantes juguetes que forman parte del mundo de nuestros hijos y de sus juegos. *En busca del personaje* supondría estimular la curiosidad de los niños y las niñas para hacer una relectura de los libros de su biblioteca personal, favorecería el intercambio de libros con los amigos y renovaría el interés por la biblioteca del aula o de la escuela.

• *Compartimos juegos* daría a conocer a los niños algunos de los juegos que gustan a los adultos con los que conviven. Por ejemplo, jugar al parchís, al ajedrez o a las cartas, en la modalidad de juegos de interior, y juegos de pelota, tenis, bicicleta, etc. en los de exterior. Niños y adultos disfrutarían de buenos ratos, y se conocerían mejor.

Reflexionemos sobre...

Me gusta jugar con..., *Guardemos...*, *En busca del personaje* y *Compartimos juegos* permitirían a los niños y los adultos darse cuenta de que los gustos de unos y otros son distintos. Por una parte, los padres percibirían los cambios en las preferencias de una época a otra y podrían establecer comparaciones entre las suyas y las de sus hijos. Por otra, los niños se interesarían por la evolución de las costumbres y se habituarían a ser más críticos y exigentes en su selección. Por ello habría que establecer vías de comunicación con los niños desde los primeros juegos, siendo comprensivos con sus elecciones y reflexionando juntos sobre ellas.

Estos juegos ayudarían también a que los niños y los adultos recuperaran el gusto por compartir ratos lúdicos, en los que la imaginación y la fantasía les hicieran traspasar las fronteras de la realidad y los llevaran a lugares insospechados, llenos de magia y misterio.